D1620140

Dedicato a mia moglie, Amy, e ai miei due ragazzi, per la felicità che mi date ogni giorno.
Vi amo e vi auguro felicità, per sempre. –Michael

Per ricevere notizie sui nuovi libri e gli omaggi, seguici su PiccoPuppy.com e cerca @PiccoPuppy su Facebook e Instagram. #iwishyouhappinessbook #piccopuppy

Un ringraziamento speciale ad Ann Baratashvili, per le sue bellissime illustrazioni, a David Miles, per il bellissimo design della copertina e la sua inestimabile guida, a Stella Maris Mongodi, per la meravigliosa traduzione italiana; e Laura Libera Russo, Fabio Massarenti e Zeide Ng Arrosas per la revisione.

Font Credits

Lost Brush di Stripes Studio

Marck Script di Denis Masharov

Cormorant Upright di Christian Thalmann

Century Schoolbook di Morris Fuller Benton

Copse di Dan Rhatigan

Josefin Sans di Santiago Orozco

Testo e illustrazioni © 2020 Picco Puppy. Tutti i diritti riservati. Nessuna parte di questa pubblicazione può essere riprodotta, o memorizzata in un sistema di recupero, o trasmessa in qualsiasi forma o con qualsiasi mezzo, elettronico o meccanico, inclusi le fotocopie, la registrazione e altri mezzi, senza il permesso scritto dell'editore, eccetto dove consentito dalla legge.

Pubblicato per la prima volta nel 2021 da Picco Puppy

Marketing Munch Pty Ltd DBA Picco Puppy, PO Box 103 Killara NSW 2071 Australia

Picco Puppy® è un marchio registrato di Marketing Munch Pty Ltd

ISBN 978-1-922638-05-2

Ti auguro felicità

MICHAEL WONG · ANN BARATASHVILI

Ti auguro **sogni** e
ambizioni, di spiegare
le tue ali e raggiungere
le stelle.

Ti auguro *coraggio* e
forza, perché la magia
inizia alla fine della tua
zona di comfort.

Ti auguro *immaginazione*
e *creatività*, perché il
mondo è una tela bianca su cui
dipingere la tua opera d'arte.

Ti auguro *avventura*
e *curiosità*, di andare
dove non c'è sentiero
e lasciare una scia.

Ti auguro *salute* e *benessere*, perché valgono più di tutte le ricchezze del mondo.

Ti auguro *pace* e *tranquillità*, per
ascoltare gli uccelli e guardare le stelle.

Ti auguro *conoscenza*
e *saggezza*, perché sono
le basi per una vita
di successi.

Ti auguro *grinta* e *resilienza*, di non arrenderti mai e poi mai.

Ti auguro *successo* e *prosperità*, di credere in te stesso e nelle tue capacità.

Ti auguro *fortuna* e
opportunità, perché
più ci provi, più
sarai fortunato.

Ti auguro *fede* e *speranza*, di
credere che tutto andrà bene.

Ti auguro una *famiglia*
e degli *amici*, perché
sono le più grandi fonti di
felicità nella vita.

Ti auguro *gioia* e
risate, di ridere molto
e forte finché non ti
manchi il respiro.

Ti auguro *gentilezza* e *generosità*, perché nessun atto di gentilezza è mai sprecato, per quanto piccolo.

Ti auguro *amore* e
affetto, per riempire il
tuo bel cuore con un
oceano di gioia.

Ti auguro tutte queste cose meravigliose,

ma soprattutto . . .

Ti auguro
felicità!

Riesci a trovare le persone famose?

Non importa quali ostacoli affronti, credi in te stesso e in tutto ciò che sei—
proprio come hanno fatto queste persone famose. Riesci a trovarli tutti e cinque nel libro?

Riesci a trovare il giovane Neil Armstrong?

Neil è un famoso astronauta, è stato la prima persona a camminare sulla Luna nel 1969. Prima di questo, era un pilota collaudatore nel campo della ricerca sperimentale, un lavoro molto pericoloso.

Riesci a trovare la giovane Katherine Johnson?

Katherine è una matematica i cui calcoli hanno contribuito a mandare sulla Luna il razzo Apollo 11 che trasportava Neil Armstrong e i suoi compagni astronauti.

Riesci a trovare la giovane Amelia Earhart?

Amelia fu la prima donna aviatrice a volare da sola attraverso l'Oceano Atlantico. Ha contribuito a creare The Ninety-Nines, un'organizzazione internazionale di donne pilota.

Riesci a trovare la giovane J. K. Rowling?

Il suo primo libro fu rifiutato da ben dodici editori. Ha dovuto aspettare un anno prima che il suo libro fosse finalmente pubblicato. I suoi libri di Harry Potter sono diventati la serie più venduta della storia.

Riesci a trovare il giovane Alexander Selkirk?

Alexander è noto per aver trascorso quattro anni come naufrago su un'isola disabitata. La sua storia di sopravvivenza ispirò il "Robinson Crusoe" di Daniel Defoe, spesso considerato il primo romanzo inglese, pubblicato nel 1719.

Riesci a trovare i cani?

Ci sono diciassette cani e un gatto nel libro. Riesci a individuarli tutti?

Beagle

Cavalier King
Charles Spaniel

Dalmata

Bulldog francese

Pastore tedesco

Golden
Retriever

Jack Russell
Terrier

Labrador
Retriever

Maltese

Pomeranian

Barboncino

Pug

San Bernardo

Shiba Inu

Gatto Siamese

Corgi gallese

West Highland
Terrier

Yorkshire
Terrier

Ciao, sono Michael. Se questo libro ti è piaciuto,
lascia una recensione su Amazon.
Sai che ci sono altri libri della serie
"Amore incondizionato"?
Spero vorrai collezionarli tutti!

Richiedi il tuo omaggio su www.piccopuppy.com/gift
come ringraziamento per il tuo gentile supporto.

Michael Wong è un pluripremiato autore per l'infanzia. La sua passione è creare libri per bambini che siano eterogenei e inclusivi, nonché fonte di ispirazione e di motivazione. Michael vive con la moglie e i due figli a Sydney, Australia.

Ann Baratashvili è illustratrice e concept artist. Ha vinto il primo premio nel 2009 al concorso DeviantArt/Wacom "Bring Your Vision to Life: Dreams". Ann vive con il marito e il figlio a Tbilisi, in Georgia.

La serie Amore incondizionato

Disponibile su Amazon e
PiccoPuppy.com.

Printed in France by Amazon
Brétigny-sur-Orge, FR

15184789R00022

KAROLINE

Das erste Jahr und die
schönsten Erinnerungen